遠浅

ぼたん雪一気にふるい落とし犬

立春のサプリは貝の形して

春風のテトラポットからのメール
早春の酸素ボンベが砂の上

骨片を重ねるあそび春汀

春の雷フェリー乗り場の掲示板

春浅し寄ってたかって道路工事
芽吹きまで空晴れるまであと少し

透明の傘よりしずく桜の芽

春告草地面にテント降ろされて

桜の芽整形外科の回る椅子

風光る丘に蛸壺転がして

暖かやおじさん棒を持ち来る

病名は今日からついて春の山

週一の院内会議ヒヤシンス

鳥の詩を点字におこす春の朝

菜の花の開封済みを渡される

蝶々の屋根裏部屋の待ち合わせ

春闘とフライがえしの穴の数

作戦変更燕来る朝のこと

君と居て紙風船を入れて撮る

オープンの画廊に残る春の泥

ピカソの素描すみれ草晴れている
かげふみの一歩が出ない春の夢

クレソンを摘んで家出をもくろんだ
言葉置くように菫の苗を植え

道くさのついでに春のうさぎ小屋
キャンディーを射的で落とす春うらら

朗らかに弁解ひとつ春の雲

葱坊主遅刻を覚悟して歩く

桜満ち横一列に少年ら

飼っている訳ではないが春の雲

鳥好きの男に呼ばれ梨の花

ぶらんこの兵士のように手を振って

わけありの林檎ひとかけ春の雲

犬の死と洗面台のチューリップ

春の雲絵本に跳ねる鈴の音

春昼の石鹸箱の気分して

豆の花集合する人しない人

ぼんやりとボートレースを花の雨

花冷や和船のような山ひとつ

花冷の小枝くわえる鳩と鳩

さくら咲く舟を静かに水へ置き
桜咲く舳先に昼寝しています

はなびらの貼りつく窓の精肉店
桜の夜熱の体を連れてきて

雨降れば薊の宿の朗読会

春満月副葬品は軽いもの

春暁の父の名の馬見にゆこう

鳥の巣は空っぽ親切はいらない

プリムラの窓遠浅の子供たち

コインランドリーへ若草の野を越えて

開店は夕方春の潮と待つ

そら豆の色

イヤホーンキウイのかたちして立夏

夕薄暑かたい背鰭の魚を切る

籐椅子に旅券と星図と羅針盤

聖五月牧野博士の植物画

夏霧もメゾチント集も白と黒
私小説水母の浮いているように

雨よりもぐんと高いよ楠若葉

走り書きそら豆むいておきなさい

集合は雨のバラ園前のはず

先ず以って付録いらない夏燕

金魚飼うちょっときれいな皿に浮く

青芒船は望みを捨ててない

黒揚羽ポンポン船で沖へ出て
アイスコーヒー遊覧船に持ちこんで

夏帽子昨日のかたちにてかぶり

動物園の端緑陰の入り口

ブルドーザー夏野をつくりはじめだす

渡海船着く瀕死の蝉の翅のこと

金盥ふせて夜釣りの椅子として
次回の議案そら豆の色のこと

母の日のガラス工房火の匂い

入梅す図録ずっしりずっしりと

アマリリスよりにもよってこんな日に

鉄工所枇杷と鳥の見える窓

銀紙をチョコの裏よりむいて夏至

草蛍柱時計を運ぶ頃

蛍まで海に時間をつぶしては
蓮の葉のひしめくころを朗読す

太陽を仕舞うお役目夏芝居

船室も私も圏外杏子の実

濡れきって夏至の鯨の再浮上

からっぽの飴湯の釜と風の海

旅人のふりして囲め蛇苺

日焼けしてバニラビーンズの香り

噴水の犬の注射を受けにいく

本堂は国宝紫陽花は青い

青春は蟻に咬まれて終了す

昼過ぎの事務所に届く百合の花

青葉木菟帰れば酒のほしくなる

青葉風ドイツのバラの実のお酒

小鬼百合雲と雲とがぶつかって
アトリエは二階青田の窓四つ

ヨガマット丸めて長い青田道

長靴とトマトと牡の老犬と

月見草忘れることを得意とす

饅頭の真ん中孤独夏休み

詩的睡蓮散文的碧空

空蝉を水鉄砲の的として

花火屑挿してバケツの水の色

非戦論主張している蚊帳の中

うろついているのは月見草あたり
月見草ここは鉄鎖置き場です

八月の海を見ながら着替えして
八月のホースもワタシも曲がる

球根屋

朝のラ・フランス飛行機雲短か

手をはなす頃合い山の水引草

ステッキはみんな一本野ばらの実

東京の人と泥棒草と海

ドッグ待つ船籍は「k」秋の蝶

突堤に梯子水平線に秋

葛原に水位観測所伸び

秋の蝉記帳の列の中にいる

蓼の花日当たり良好僧は留守

秋の日をねじり名物醤油餅

寄せかえす波はつぎつぎ月抱く
露草へゆっくり帰るつもりだよ

色鳥にパッチテストの終了日

秋の日の電車通りの球根屋

鳥小屋に兎一羽の秋の昼

空高しまずじゃこ天の揚がる音

山葡萄阪神ファンが二人行く

コスモスに触れ雨音に触れている

十六夜の画帳にそよぐ草の丈
こころせよ野菊の青は暮れやすい

星月夜二階に上がる音消して

生クリーム立てて三分鰯雲

集落に外れて一家星月夜

日帰りの手術を終えて稲の花

赤ん坊と本と愁思と膝の上

留守電の声父に似る秋の雨

秋の朝石切島の土けむり

助手席の砂をはらって月の夜

中秋の名月隣では電話

川の風木の風秋の風各位

月上がる誰もが触る砂時計

十三夜烏賊ひとつかみほど洗う

石榴熟れ朝の落款彫る刃先

金木犀一枚のブラウスを手に

どんぐりをぎゅぎゅっと握りしめている
藁ぐろと鴉と母と太陽と

小夜曲の終り近づく銀木犀

行く秋のざらりと紙のコースター

角曲がる荷台の柿も角曲がる

秋深し石段に掛け船を待つ

マメ科に属す

陽だまりの中心ぽとり枇杷の花

立冬の芝生に母と赤い椅子

小春日の真ん中へ置く核家族

犬小屋を取り壊すでもなく小春

糸くずがまるまるまるまるまる小春

枇杷の花カメラケースは赤がいい

真っ暗な朝へ出てゆく石蕗の花

初雪の高速バスの予約席

寒林のその果てまでをバスでゆく

ポルトガルワインのボトルの猫小春

マフラーと忘れそうな雲ひとつ
ほかほかの落葉にお尻降ろしましょ

綿虫のほらほらわいて昼休み

石蕗の花定時に帰る空の色

大仏の耳の内向き初時雨

時雨の木ばかりを描いているけれど

着付け師の胸にルビーが初氷

私はマメ科に属す月冴ゆる

冬青空ひょこっと鳥の水飲み場

冬の雲ソファーの置き場考えて

オリーブの塩漬け日誌冬の月

雪の野に三色ボールペン借りて

雪山をポンとはじいて女の子
冬の出目金仏頂面が浮いてきて

手袋をはめようか坂降りようか

風花の空港に買う文庫本

旅に出る男に持たすす冬すみれ

星型の人参二つ機内食

龍は今台北あたり雪催

冬の朝触れると揺れる花ばかり

冬ざれのみんなが覗くので覗く
街中に音符犇めくクリスマス

クリスマス来て西部劇二本観る

ピノキオの関節九個冬の星

あちこちの朝柊の花香る

冬枯の野の色をして最中の皮

冬の日のカフェに巣箱とオートバイ

寒夕焼けプリンの瓶の底の味

白和えのこんにゃく一皿冬うらら

蕪包む新聞にフィリピンの記事

待春のシフォンケーキの空気穴

白菜の芯のあたりに波が寄る

雪の窓つま先くっとたてていた

一月の貝殻は蝶々の翅

海側へふわりと離陸春隣

五七五の言葉の風景

坪内 稔典

この句集、最初のページにあるのが次の犬とサプリの句だ。

ぼたん雪一気にふるい落とし犬
立春のサプリは貝の形して

ぶるっと体をひと振りする犬の小気味よさ。句の最後に「犬」を置いたところが小気味よさを際立たせるのだ。ふわふわのぼたん雪と敏捷な犬との取り合わせも巧みだ。サプリの句は貝の形が魅力的。立春と取り合わせられたこのサプリ、とってもよく効きそう。で、なんのサプリだろうか。その詮索はともかくとして、立春という季節が使うサプリという感じもする。そのこともまたこの貝の形の素敵さを強める。

人だって、句集だって、最初の出会いというか、第一印象がとっても大事だ。右の二句で始まる『水飲み場』は犬やサプリの快さが出会いの印象になる。つまり、第一印象がとってもよい。

渡部ひとみさんと出会ったのはいつだったか、もう記憶が霞んでいるくらい前だが、最近でも、出会うたびにいい気分になる。ちょっと目を細めて、ちょっと距離をとって、ちょっと黙礼する、その姿勢がとっても好きだ。この感じは、句集冒頭の二句の印象に通じている。

最初の二句から話を始めたが、句集はどこから読んでもよい。むしろ、初めから順に読むのはやめたほうがいいだろう。本を手にして、ぱらぱらっとめくり、開いたところの句を読めばいい。あるいは、その季節の句を読めばよい。この句集、四章からなっているが、その四章は春夏秋冬を示している。夏の「そら豆の色」は次の句から始まっている。

イヤホーンキウイのかたちして立夏
夕薄暑かたい背鰭の魚を切る

春は貝の形、夏はキウイの形で始まるのは、おそらく偶然であろうが、渡部さんに形への志向があるのは偶然ではない。いや、彼女の俳句の特色は、五七五の言葉でくっきりした形を作ることなのだ。イヤーホンをキウイの形としてとらえたとき、イヤホーンがキウイと同じ植物になり、命のある気配を帯びる。その命、立夏という季節のものでもある。薄暑の夕方と背鰭のかたい魚を取り合わせた句も、形が鮮明だ。まな板の上に魚があって、そのまわりは空気が淀んだ薄暑。魚はまるで薄暑の中心というか核みたい。

渡部さんは写真家である。俳句よりも写真に力が入っているようだったが、近年はそうでもなく、二つの表現の違いや相似を意識しながら、俳句を作ることにもかなりのめり込んでいるように見える。その彼女の現在の成果が五七五の言葉の形だ、と言ってもよさそう。

風光る丘に蛸壺転がして
クレソンを摘んで家出をもくろんだ
春暁の父の名の馬見にゆこう

春の章「遠浅」から、私がことに好きな三句を抜き出した。ちなみに、これは今の時点で好きな句であり、別の折に読みなおすと、私は違った三句を挙げるかもしれない。読み方には折々の第一印象がある。

形がもっとも鮮明なのは丘の蛸壺だが、家出や父の名の馬も、クレソン、春暁という季語がよく効いて（まさによく効くサプリみたい）、あざやかに言葉の風景が立つ。

渡海船着く瀕死の蟬の翅のこと
次回の議案そら豆の色のこと
アトリエは二階青田の窓四つ

右は夏の章「そら豆の色」から。渡海船がいいなあ。その船、瀕死の蟬の翅のことをもたらすのだ。長い物語がこの五七五の言葉の風景から始まる気配だ。
次は秋の章「球根屋」の三句。

露草へゆっくり帰るつもりだよ
どんぐりをぎゅぎゅっと握りしめている
角曲がる荷台の柿も角曲がる

柿の句にはおかしさもあって、つまり、柿の意志で曲がっている感じがあって、それがおかしい。私としては、柿の意志を感受する作者をぎゅぎゅっと抱きしめたくなる。

冬青空ひょこっと鳥の水飲み場
冬の日のカフェに巣箱とオートバイ
雪の窓つま先くっとたてていた

冬の章「マメ科に属す」の三句だが、これら、どれも大好きだ。鮮明な形が快い。ここまでで私が挙げた句は、どれもが私たちの普段の言葉で書かれている。いわゆる俳句らしい言葉とか表現がない。別の言い方をすれば、今を生きている言葉が作る五七五の言葉の風景、それがひとみさんの俳句の世界なのだ。

ところで、ひとみさんたちと一緒に小鳥の水飲み場を見たことがある。先年の春、久万美術館へ行って、その日のランチを林の中のレストランでとったのだが、窓のそばに水飲み場があって、水を飲んだ小鳥は、そこで水を浴びて水をまき散らした。水がきらきら散った。ひとみさんや私は窓ガラスに額をつけて黙って見つめていた。

あとがき

この句集を編んでいくことで、句を通してその時々の場面が一枚の写真のように思い出だされてきました。ご講演で来松される坪内稔典先生との句会や「船団フォーラム」、そして『芝不器男記念館』での句会ライブ（三間町、松野町を訪ねる旅）など、先生のご出身地である愛媛に住んでいることがとてもラッキーでした。又、「初夏の集い」では関西以外にも長野県や東京、福岡まで旅ができたことが心に残ります。ぼんやりとしていた俳句生活の輪郭がはっきりと見え始めてきたように思います。一冊のアルバムができた感じがしています。

坪内先生には身に余る跋文を書いてくださいました。先生の温かいお言葉に気恥ずかしいばかりですが、大きな宝物ができました。この場をお借りして心から御礼申し上げます。「船団」の中で活動できた時間は、本当に幸せでした。

「船団」をはじめ身近な仲間とここまで来ることができました。ことに長年にわたる句友、谷さやんさんは句集ができるまで付き合ってくれてアドバイスをいただきました。本当にありがとうございました。俳句グループ「船団」の散在が決まり心細くなりはじめたところでしたが、幸いにもさやんさんの愛媛新聞カルチャー教室が開かれることになり、まずはここを散在の出発点として、これからも楽しく俳句を作り続けたいと思います。

また句会と吟行と言えば何も言わずに送り出してくれた家族に、ここで感謝しておきます。

最後になりましたが、創風社出版の大早友章さん直美さんご夫妻には、いつも迷ったときに背中を押していただきお世話になりました。有難うございます。

二〇二〇年　八月

著者

作者プロフィール
渡部ひとみ（わたなべひとみ）
1954年愛媛県生まれ
1996年～2008年「いつき組」
1996年～2007年「藍生」
1996年～2020年「船団」
2020年6月船団散在となる

写真と俳句「再会」マルコボ.コム出版（オンデマンド印刷）

791-3153
愛媛県伊予郡松前町大溝198-3

句集 水飲み場

2020年9月26日発行　定価＊本体1700円＋税
著　者　渡部ひとみ
発行者　大早　友章
発行所　創風社出版
〒791-8068 愛媛県松山市みどりヶ丘9－8
TEL.089-953-3153 FAX.089-953-3103
振替 01630-7-14660 http://www.soufusha.jp/
印刷　㈱松栄印刷所　製本　㈱永木製本

 ISBN 978-4-86037-297-2